Le mystère de High Street

Anne Perry

Le mystère de High Street

Traduit de l'anglais (Grande-Bretagne)
par Pascale Haas

OMBRES NOIRES

Titre original : *The scroll*

Éditeur original : Otto Penzler
The Mysterious Bookshop, New York

Pour la traduction française :

ISBN : 978-2-0813-3572-1

C'était l'hiver, la nuit ne tarderait pas à tomber. Dans la librairie de livres anciens, à l'écart de la rue principale de Cambridge, Monty Danforth déballait le dernier carton du fonds Greville dans l'arrière-boutique afin d'en répertorier le contenu. La majorité des ouvrages correspondait à ce qu'il attendait : les œuvres complètes reliées plein cuir de Dickens, Thackeray, Walter Scott et Jane Austen ; les grands romanciers russes, dans de belles éditions également ; l'*Histoire de la décadence et de la chute de l'Empire romain* d'Edward Gibbon et l'*Histoire des Peuples de langue anglaise* de Winston Churchill. Outre les livres et les encyclopédies de référence habituels, il y avait quelques ouvrages plus intéressants et plus rares, des récits de voyage, principalement autour de la Méditerranée. Il songea qu'il allait être difficile de les revendre, et que les entreposer occuperait beaucoup de place.

Le propriétaire de la librairie, Roger Williams, était souffrant et avait préféré rester dans sa maison au nord-est de Cambridge, dans la lande marécageuse. Sans doute déciderait-il de mettre la totalité du fonds aux enchères.

Monty vérifia qu'il avait bien tout sorti. Il ne restait plus qu'une boîte à biscuits cylindrique au fond du carton. En la prenant, il la jugea trop lourde pour être vide. Il ôta le couvercle et jeta un coup d'œil à l'intérieur. En effet, il y avait quelque chose, mais il ne parvenait pas à voir de quoi il s'agissait

Il l'emporta sur le bureau et alluma la lampe. Une lueur jaune emplit la pièce, faisant paraître les coins d'autant plus sombres. La boîte renfermait ce qui ressemblait à un ancien rouleau manuscrit. Il le sortit avec précaution et le posa juste en dessous de l'ampoule. Puis, centimètre par centimètre, il le déroula. L'écriture, irrégulière et passée, était illisible en plusieurs endroits. Il s'efforça de déchiffrer quelques mots, mais ce n'était pas de l'anglais, pas même sous sa forme la plus ancienne. Les caractères faisaient penser à de l'hébreu.

Il passa le bout de ses doigts sur le manuscrit pour en appréhender la texture. Doux et lisse, sans avoir la fragilité et la sécheresse du papier, on aurait dit du parchemin. Certains espaces étaient blancs, et à plusieurs endroits, des taches masquaient en partie le texte – quand il n'était pas totalement effacé.

D'après ce qu'il savait, la famille Greville avait entrepris de multiples voyages à travers le Moyen-Orient au cours du dix-neuvième siècle et au début du vingtième. Ce manuscrit aurait donc pu être rapporté de n'importe où : Égypte, Mésopotamie, Palestine, Jordanie, ou ce qui était désormais Israël.

Si le document avait une quelconque valeur, il devait absolument le photocopier. Cela permettrait de le faire traduire sans se séparer de l'original.

Monty se dirigea vers la photocopieuse et la mit en marche. Avec grand soin, il étala la partie supérieure du manuscrit sur la vitre, puis rabattit le couvercle. Il en fit une copie. La feuille apparut sur le plateau.

En la prenant, il constata que, hormis quelques taches ici et là, elle était blanche.

C'était absurde. À la deuxième tentative, il obtint le même résultat. Il vérifia l'encre, la réserve de papier et le mécanisme avant d'essayer une troisième fois. Toujours rien.

Il retira le manuscrit pour photocopier la lettre d'un client.

Parfait, le moindre détail était net et distinct. Ça ne venait pas par conséquent de la machine. Heureusement, il avait sur lui son téléphone portable, dont l'appareil photo était assez performant.

Il prit une photo de la lettre d'un client, puis regarda le rendu sur l'écran. Impeccable. Prenant deux livres pour maintenir les extrémités à plat, il visa le manuscrit. Sur le téléphone, tout semblait parfait, la moindre ligne et la moindre tache étaient bien là. Il effectua trois clichés, de manière à avoir le manuscrit sur toute sa longueur. Puis il regarda le résultat. La première photo était complètement blanche, tout comme la deuxième et la troisième. Le parchemin était vierge, y compris dans les zones d'ombre que créaient les petites déchirures et les coins cornés (parceque ce n'est pas du papier…)

Intrigué, Monty se frotta les yeux. Comment était-ce possible ? Qu'avait-il fait de travers ?

Il était encore en train d'observer le manuscrit lorsque la sonnette tintinnabula à l'entrée. Il s'en étonna, avant de se rappeler qu'il était fréquent qu'un amateur de livres rares ou de gravures anciennes vienne après l'heure de fermeture. C'était parfois commode pour ceux qui ne pouvaient s'absenter de leur travail dans la journée. Et les clients avaient souvent envie d'examiner en privé ce qui les intéressait. Mais en général, ils prenaient rendez-vous. Aurait-il oublié cette visite ?

On sonna de nouveau. Monty roula le manuscrit, le remit dans la boîte à l'abri des regards, puis alla à la porte et jeta un coup d'œil à travers la vitre. Sur le seuil se tenait un vieil homme voûté aux cheveux gris, le visage marqué par l'âge, et, semblait-il, par le chagrin. À ses côtés se tenait une enfant âgée d'environ huit ans. D'une pâleur diaphane, ses cheveux d'or soyeux formaient comme une auréole sous la lueur du réverbère. Elle regardait Monty droit dans les yeux.

Il ouvrit la porte.

— Bonsoir. Puis-je vous aider ? demanda-t-il.

L'enfant lui adressa un sourire timide en se rapprochant du vieil homme, qui devait être son grand-père.

— Bonsoir, monsieur, dit celui-ci. Je m'appelle Judson Garrett. Je collectionne les manuscrits et les livres rares. Je crois savoir que vous venez d'entrer en possession des ouvrages appartenant au fonds Greville. Suis-je à la bonne adresse ?

— Oui, en effet, répondit Monty. Seulement, nous venons tout juste de les recevoir… Et comme le catalogue n'a pas encore été établi, il est impossible d'en fixer le prix. Les livres sont en excellent état. Pour tout vous avouer, je dirais que la plupart d'entre eux n'ont jamais été lus !

Garrett sourit tristement.

— C'est le cas de trop nombreux livres, je le crains. Le vieux cuir, le beau papier, c'est très bien, mais les mots sont en vérité la seule chose qui compte. Ils sont la richesse de l'esprit et du cœur.

Monty recula et ouvrit plus grand la porte.

— Entrez, nous verrons ce que je peux faire pour vous.

— Merci, dit Garrett en s'avançant, suivi de près par l'enfant.

Monty referma derrière eux et les emmena dans le bureau de Roger Williams où se traitaient les affaires. Il alluma et la pièce fut plongée dans une lumière douce et chaleureuse.

— Je vous en prie, M. Garrett, asseyez-vous. Si vous me laissez vos coordonnées, je les transmettrai à M. Williams, le propriétaire de la librairie. Ainsi, dès que nous aurons répertorié les documents, nous vous indiquerons les prix.

Le vieil homme déclina l'invitation à s'asseoir. Il s'immobilisa sur le seuil, le visage dans l'ombre, la petite fille lui tenant la main. Son visage exprimait une profonde lassitude, comme s'il avait effectué un trop long voyage sans jamais trouver le repos.

— Une seule chose m'intéresse, dit-il tout bas. Le reste ne me concerne pas. Vous pouvez en faire ce que bon vous semble.

— Ah oui ? s'étonna Monty.

Il n'avait pourtant rien repéré qui présentât un réel intérêt.

— Et de quoi s'agit-il ?

Le regard du vieil homme se perdit dans le lointain ; il semblait contempler un royaume perdu et un passé inatteignable.

— D'un manuscrit, répondit-il. Très ancien. Il est possible qu'il soit rangé dans quelque chose qui le protège. Il est rédigé en araméen.

Un frisson glacé parcourut Monty. L'enfant le dévisageait. Ses yeux aussi clairs que l'azur donnaient l'impression de ne jamais cligner.

Il fut tenté de nier avoir trouvé le manuscrit ; cependant, le vieil homme était déjà au courant de son existence. Mentir eût été ridicule, pour ne pas dire imprudent. Il inspira profondément.

— Je ne suis pas habilité à vendre ce manuscrit, M. Garrett, mais je ferai part de votre intérêt à M. Williams dès qu'il sera de retour. Si vous me laissiez des coordonnées où vous joindre ?

— Je repasserai, M. Danforth. Je vous prie de ne pas envisager de vendre ce manuscrit à quiconque avant de m'avoir permis de vous faire une offre.

Il scrutait Monty de son regard noir. Quant à son expression, elle demeurait impossible à déchiffrer.

L'enfant le tira par la main, ses petits doigts semblant la serrer encore plus fort.

— Ce manuscrit possède une très grande valeur, reprit le vieil homme. J'espère que vous en êtes conscient ?

— Personne n'est au courant de son existence pour l'instant, assura Monty. Il n'en est fait mention nulle part sur la liste des documents, et je l'ai moi-même découvert il y a une demi-heure à peine. Puis-je vous demander comment vous avez appris qu'il se trouvait ici ?

Le vieil homme esquissa un vague sourire, qui s'évanouit presque immédiatement. Il était impossible de savoir s'il était amusé ou attristé par le commentaire de Monty.

— De nombreuses personnes savent que le manuscrit est ici, répondit-il doucement. Et elles viendront vous proposer des quantités de choses… De l'argent, mais pas uniquement. Prenez garde à ce que vous en ferez, M. Danforth… Soyez très prudent. Ce manuscrit est doté d'un pouvoir auquel vous seriez sage de renoncer.

De nouveau, Monty éprouva une sensation de froid qui le glaça jusqu'aux os.

— Lequel ? s'enquit-il d'une voix rauque.

Le vieil homme reprit sa respiration, comme s'il s'apprêtait à répondre. Mais l'enfant le tira par la main, et il se ravisa en poussant un soupir. Il regarda Monty fixement. Dans son regard se lisait une grande souffrance et la connaissance des forces du mal.

— Soyez prudent, M. Danforth. Vous êtes sur le point d'endosser une responsabilité dangereuse. Peut-être n'avez-vous pas d'autre choix honorable. Je le conçois. Ce n'en est pas moins un poids très lourd, car ce manuscrit n'apportera que destruction et désillusion. Ne décidez rien sans avoir longuement réfléchi.

Monty se surprit à déglutir, comme s'il avait quelque chose coincé au fond de la gorge. — Comment pourrai-je vous contacter, M. Garrett ?

— Ce ne sera pas nécessaire. Je repasserai.

Et d'un geste impatient, il lâcha la main de l'enfant, puis tourna les talons.

Monty le raccompagna et lui ouvrit la porte. Le vieil homme et la petite fille sortirent. Le réverbère le plus proche était apparemment en panne, de sorte que la rue était plongée dans l'obscurité. Lorsque Monty se retourna, il n'y avait plus personne.

Il referma la porte à clef, tira la chaîne et mit le verrou, puis revint dans son bureau. Il sortit le manuscrit de la boîte à biscuits. Sous ses doigts, le parchemin était d'une extrême douceur et semblait même dégager une sorte de chaleur. Était-il aussi ancien que le prétendait cet homme et rédigé en araméen ? Était-il possible qu'il date de l'époque de Jésus ?

Auquel cas, il pouvait s'agir de choses bien différentes. Comment ce document s'était-il retrouvé entre les mains de la famille Greville ? Avaient-ils fait, au cours de leurs voyages, une découverte extraordinaire, comme les manuscrits de la mer Morte ?

Le plus probable était qu'on leur avait vendu un faux. Fabriquer un document de ce genre était-il difficile ? À moins qu'ils n'aient rapporté un vieux manuscrit qui ne contenait rien de plus intéressant qu'un plan de maison ou l'inventaire d'une cargaison transitant d'un port à un autre. Les écrits commerciaux abondaient, tout comme le nombre de poteries à usage domestique dépassait de très loin celui des vases d'ornement ou réservés à la vénération des dieux.

Monty étala le parchemin sur la table en le plaçant sous la lampe et posa un poids à chaque extrémité. Le texte n'était pas très long ; il comportait environ un millier de mots. Voilà qui paraissait beaucoup pour un simple inventaire.

Et en l'absence de tout dessin ou schéma, l'hypothèse d'un plan semblait peu crédible.

Penché sur le manuscrit, il s'efforça de repérer des caractères similaires, des répétitions, quelque chose susceptible de lui fournir un indice sur la nature du document. Il reconnaissait des lettres de l'alphabet hébreu, qui lui était vaguement familier – pourtant Garrett avait dit que c'était de l'araméen.

Bien qu'il ne sache pas trop ce qu'il était en train de faire, et bien qu'il n'ait aucune chance de le déchiffrer, il ne parvenait pas à détacher les yeux du manuscrit. Était-ce le cri d'une âme passionnée datant de l'époque tumultueuse de Jésus ? Un récit sur son pouvoir et son sacrifice, son agonie et sa résurrection ?

Et si ce n'était qu'une liste de commissions qui avait traversé les siècles uniquement parce qu'elle n'avait aucune valeur ?

Des images affluèrent dans la tête de Monty – des hommes en toge et en sandales, des routes pleines de poussière, des murmures dans l'ombre, les pulsations d'une époque sanglante, impitoyable.

La lumière vacilla, et, d'un coup soudain, les ombres au fond de la pièce se firent mouvantes, avant de s'immobiliser de nouveau. Il s'attendit presque à voir les ténèbres s'épaissir et prendre forme, donnant naissance à une apparition effrayante. Qui cela pourrait-il être ? Méphistophélès, venu tenter un Faust fragile avec un secret du fond des âges ?

— Ne sois pas bête ! s'exclama-t-il à haute voix. Ce n'est qu'une baisse de courant ! Tu ferais mieux de t'assurer que ton ordinateur s'est bien rallumé ! Il avait toujours eu une imagination débordante, une sensibilité aux présences maléfiques. Il racontait de merveilleuses histoires de fantômes pour le plus grand plaisir de ses amis qui adoraient cela. Les gens aimaient frissonner de frayeur, sentir monter l'adrénaline.

Son meilleur ami, Hank Savage, un scientifique à l'esprit très pragmatique, le taquinait souvent à ce sujet, même s'il reconnaissait que le mal était une réalité tangible qui n'avait rien de surnaturel. Il n'existait ni anges ni diables, rien que des êtres humains, certains se montrant un peu trop susceptibles, avec une nette tendance à rejeter leurs fautes sur autrui. Qui de plus facile à blâmer que le diable ?

Monty reprit le manuscrit qu'il roula bien serré en caressant le parchemin velouté. Peut-être n'était-il pas si vieux, en fin de compte – il n'était ni effrité ni sur le point de se déchirer. Il le rangea dans la boîte, puis, par précaution, mit le tout dans le coffre-fort.

Il était temps qu'il rentre dîner et, pour se remettre de ses émotions, qu'il se prépare une très prosaïque tasse de thé bien noir et bien sucré !

*

Le lendemain, un samedi, sa présence à la librairie n'était pas nécessaire. Le dépouillement du reste du fonds Greville attendrait le lundi. Monty eut très envie d'aller voir Hank Savage afin de lui demander son avis. Il savait que son ami aurait une analyse logique de la situation ; Hank n'était pas du genre à se laisser aller à des spéculations inutiles ou à des peurs irrationnelles.

Il le trouva occupé à bricoler dans son atelier à l'arrière de la maison. C'était une grande pièce mansardée inondée de lumière, où Hank prenait plaisir à encadrer les dessins et les gravures anciennes qu'il achetait, en général par lots, lors de ventes aux enchères. Il en tirait une somme d'argent qu'ensuite il donnait aux bonnes œuvres. Son seul but était de se détendre, et d'éprouver parfois l'intense satisfaction de découvrir quelque chose de vraiment joli.

Hank posa le cutter à l'aide duquel il découpait une marie-louise et regarda Monty d'un œil espiègle.

— Tu n'as pas l'air dans ton assiette. Qu'est-ce qui t'arrive ? demanda-t-il d'un ton enjoué.

Visiblement, Monty affichait une mine encore plus épouvantable que ne le justifiait sa nuit agitée.

— Je suis tombé sur un vieux manuscrit, répondit Monty en s'asseyant au bord d'une marche encombrée d'une pile de papiers.

Si Hank était doté d'un esprit parfaitement clair et ordonné, son lieu de vie était, lui, plongé dans le capharnaüm le plus total.

— Vieux comment ?, demanda Hank, qui pouvait être d'un pragmatisme agaçant.

Grand, un peu trop maigre, il avait les cheveux bruns et un regard bleu très doux. Monty, lui, avait les yeux marron, et, pour reprendre sa formule, il n'était pas assez grand pour son poids.

— Je n'en sais rien. Le texte est en araméen, je crois, si bien que je ne peux pas le lire.

Il constata avec satisfaction que son ami avait l'air captivé.

— Il est écrit sur du parchemin, ajouta-t-il. Je l'ai trouvé roulé dans une boîte à biscuits dans le dernier carton de livres du fonds Greville.

— Il était répertorié ? demanda Hank, délaissant son encadrement pour reporter toute son attention sur Monty.

— Non. Et quand j'ai voulu le photocopier, ça n'a rien donné.

— Ta photocopieuse doit être en panne. À mon avis, s'il est aussi ancien que tu le penses, tu ferais mieux de ne pas trop le transporter. Tu n'as qu'à le prendre en photo en attendant d'avoir fait réparer ta photocopieuse.

— J'ai essayé… Ça n'a pas marché.

Monty repensa au froid étrange qui l'avait traversé à cet instant. Et avant que tu ne me poses la question, l'appareil photo de mon portable marche très bien. De même que ma photocopieuse, d'ailleurs. Ils fonctionnent à merveille, j'ai essayé avec d'autres documents.

Hank fronça les sourcils.

— Alors comment expliques-tu tout ça ? À part les gremlins, je veux dire !

— Je ne sais pas. Mais une demi-heure à peine après ma découverte du manuscrit, un vieil homme des plus étranges a débarqué à la librairie accompagné de sa petite-fille et m'a proposé de l'acheter.

— Combien ? s'enquit Hank, le regard dubitatif. Tu ne l'as pas vendu, j'espère ?

— Bien sûr que non ! répondit Monty d'un ton sec. Je l'avais rangé avant de les faire entrer. Mais tu ne m'as pas posé la question qui s'impose !

— Qui était cet homme ?

— Non ! *Comment savait-il de quel manuscrit il s'agit, et aussi que c'est moi qui l'avais reçu* ?

rétorqua Monty. Je n'en ai parlé à personne, je suis le seul à l'avoir vu.

— Roger n'est pas au courant ?

Hank était à présent aussi intrigué que perplexe.

— Il n'était pas à la boutique. Il ne se sentait pas bien et se repose chez lui depuis plusieurs jours.

— Bon… Et qu'a dit ce vieil homme ?

— Il s'appelle Judson Garrett, et il n'a pas voulu me laisser ses coordonnées. Il m'a seulement recommandé de ne le vendre à personne d'autre qu'à lui en ajoutant que ça pourrait être très dangereux.

Hank se renfrogna.

— C'était une menace ?

— Plutôt une mise en garde, répondit Monty en repensant à l'air sombre et accablé du vieil homme.

— Et il ne t'a pas expliqué pourquoi il voulait récupérer le manuscrit ?

Hank était de plus en plus étonné.

— Non. Il m'a dit en revanche que d'autres personnes viendraient le réclamer, sans préciser qui.

— Et tu l'as examiné de près, ce manuscrit ?

— Évidemment ! Monty reprit sa respiration. Tu veux le voir ?

— Oui, j'aimerais beaucoup, si ça ne te dérange pas.

Hank paraissait sûr de lui. Il n'y avait pas la moindre trace d'appréhension dans sa voix. Monty ressentait quant à lui une vive angoisse. Par moments, le caractère très raisonnable de son ami l'irritait au plus haut point ; mais aujourd'hui, il trouvait cela rassurant ; comme s'il était le bouclier le protégeant de ses sombres pressentiments.

*

À la librairie, Monty ouvrit le coffre-fort et en sortit la boîte à biscuits. Le manuscrit était à l'endroit exact où il l'avait laissé. Lorsqu'il le prit, il eut de nouveau l'impression qu'il en émanait une légère chaleur. Il le déroula sur la table afin que Hank puisse l'examiner.

Son ami observa le parchemin un long moment avant de parler.

— Je pense que c'est bien de l'araméen, et, d'après les quelques mots que j'arrive à déchiffrer ici et là, il doit dater de l'occupation romaine de Jérusalem. Peut-être de l'époque de Jésus. Je reconnais plusieurs pronoms personnels à la première personne, ce qui pourrait correspondre à un témoignage, une sorte de journal. Mais je ne m'y connais pas assez pour pouvoir l'affirmer. Il te faut un spécialiste, Monty, qui sera en mesure de le traduire mais aussi de le dater et l'authentifier. Avant cela, tu dois appeler Roger pour l'avertir de ce que tu as là. As-tu réessayé d'en faire une photocopie ?

— Non. Utilise ton téléphone, si tu veux. On verra si c'est mieux. La technique c'est ton rayon !

Hank lui jeta un bref regard, non sans percevoir la pique de Monty qui se flattait d'avoir des compétences plus artistiques. Toutefois, il ne releva pas. Il sortit son portable, procéda à divers réglages, vérifia l'image sur l'écran et prit trois clichés. Il regarda le premier, fronça les sourcils, passa au deuxième, puis au troisième. Enfin, il leva les yeux.

Monty sentit de nouveau un frisson glacé courir sur sa peau.

— Rien, murmura Hank. C'est tout blanc.

— Je vais appeler Roger. Monty se raccrocha à la seule chose qu'il lui semblait utile de faire. Il décrocha le téléphone et composa le numéro de Roger Williams. Il laissa sonner une quinzaine de fois. En vain.

*

Le lendemain, il essaya de nouveau, et une fois encore Roger ne répondit pas. Monty établissait le catalogue des derniers livres du fonds Greville lorsqu'il se rendit compte que quelqu'un l'observait depuis le seuil de la boutique. C'était un homme au visage rond et au large front, arborant un léger sourire malgré l'expression sévère de son regard sombre. Tout dans son attitude laissait supposer qu'il se faisait une haute idée de sa propre importance. Il portait une soutane d'ecclésiastique avec une chasuble violette et un haut col blanc.

Monty se leva précipitamment.

— Je suis désolé, bredouilla-t-il. Je ne vous ai pas entendu entrer. Puis-je vous renseigner ?

Le sourire de l'homme s'élargit.

— J'en suis persuadé, M. Danforth.

Monty sentit monter une vague de panique, un picotement qui l'avertissait d'un danger. Ce prince de l'Église connaissait son nom, comme le vieil homme de la veille. Sur le moment, il ne s'en était pas formalisé, mais tout à coup... C'était le nom de Roger qui était inscrit sur la porte, ainsi que sur le papier à lettres de la librairie. Son nom à lui n'apparaissait nulle part. Pourquoi ne l'avaient-ils pas pris pour Roger ? Était-ce si évident ?

— Vous avez un avantage sur moi, Monseigneur, dit-il d'un ton un peu pincé. Si nous nous étions déjà rencontrés, je m'en souviendrais, j'en suis sûr.

L'ecclésiastique sourit de plus belle.

— J'en suis certain. Vous ne m'en avez pas moins accueilli avec courtoisie. Mais inutile de nous attarder là-dessus. J'imagine que vous savez pour quelle raison je suis là. Vous n'êtes pas seulement un connaisseur de livres rares et un homme intelligent, M. Danforth… Je crois que vous êtes aussi particulièrement sensible aux forces du mal, comme à celles du bien.

Monty se sentit d'abord flatté, puis effrayé. Ses histoires de fantômes captivaient ses amis le temps d'une soirée, mais elles ne sortaient pas du cercle d'intimes, lequel ne comprenait aucun évêque, qu'il soit catholique ou protestant ! Il s'agissait pour la plupart d'universitaires, comme Hank, des étudiants ou des artistes.

L'évêque ne se départit pas de son sourire.

— Vous avez actuellement en votre possession un exemplaire très rare d'un manuscrit ancien, reprit-il. Il fait partie d'un fonds que vous mettrez en vente au moment voulu, en même temps que le reste des livres, qui, en comparaison, sont insignifiants. Je suis certain qu'ils sont en parfait état, mais on peut trouver ces éditions dans n'importe quelle bonne librairie. Ce manuscrit, en revanche, est unique en son genre. Mais vous le savez déjà, conclut-il en le fixant intensément.

Monty eut brusquement plus froid, comme si quelqu'un venait d'ouvrir une porte sur la nuit. L'idée de nier ce qu'il savait s'envola. Il dut avaler sa salive à deux reprises avant de reprendre la parole, d'une voix un peu trop aiguë.

— Il s'agit d'un objet extrêmement rare, aussi je me dois d'attendre le retour de M. Williams.

La phrase avait beau sonner comme une excuse, c'était la stricte vérité.

— Je suppose que vous aimeriez également qu'il soit authentifié. Il semble être très ancien, mais, étant donné qu'aucun expert ne l'a encore analysé, je n'ai aucune idée de son prix. À vrai dire, nous ne savons même pas ce que nous avons là.

Le sourire de l'évêque ne trembla pas, mais son regard se fit dur et froid.

— Il s'agit d'un document ancien extrêmement malfaisant, M. Danforth. S'il devait se retrouver entre de mauvaises mains et que d'autres personnes en prenaient connaissance, les dommages qu'il risquerait de provoquer seraient incommensurables. Je vous assure que, quel que soit le prix que l'expert lui attribuera, l'Église l'acceptera. Nous espérons simplement qu'en tant qu'homme de principe et de bonne volonté, vous établirez sa valeur en fonction de celle des manuscrits datant de la même époque en vente sur le marché.

Les mains de Monty se raidirent, il eut la chair de poule. La silhouette de l'évêque sembla flotter en l'air, s'assombrir puis pâlir, tandis que ses contours se brouillaient. C'était ridicule ! Il cligna des yeux, secoua la tête et regarda de nouveau : tout était normal. L'évêque était toujours là, en chair et en os ; il l'observait en souriant.

Monty avala sa salive.

— Le prix ne dépend pas de moi, Monseigneur, mais j'imagine que M. Williams sera juste. Il l'a toujours été.

— Ne le mettez pas aux enchères, M. Danforth, dit gravement l'évêque, son air aimable disparaissant aussi vite qu'un nuage peut passer devant le soleil et priver le paysage de lumière. Vous commettriez une dangereuse erreur, dont les conséquences pourraient dépasser largement votre imagination, aussi fertile soit-elle.

— Je transmettrai le message à M. Williams, promit Monty, avec moins de fermeté qu'il ne l'aurait voulu.

— Quelque chose me laisse penser que je ne suis pas le seul à vous avoir approché à ce propos, M. Danforth, enchaîna l'évêque. Je vous engage très vivement à ne vendre ce manuscrit à personne d'autre, quelle que soit la récompense que l'on pourra vous offrir.

Monty était ennuyé.

— Vous parlez de *récompense*, Monseigneur, comme si on m'avait proposé un dessous de table ! Mais il n'en est rien, peu importe ce que vous sous-entendez. Vous avez peut-être l'habitude de traiter ainsi, mais ce n'est pas le cas dans cette librairie. Les pots-de-vin ne serviront à rien, pas plus que les menaces.

À peine eut-il fini de parler que la peur le saisit, si intense qu'il se surprit à trembler.

— Ce ne sont pas des menaces, M. Danforth, murmura l'évêque. Disons un simple conseil. Vous avez affaire à des puissances si ancestrales que vous ne sauriez en concevoir l'origine. Et le pire de vos cauchemars ne saurait en préfigurer la fin. Vous n'êtes pas un imbécile. N'allez pas vous comporter comme tel par ignorance ou par orgueil.

Et sans s'expliquer davantage, il s'en alla. Ses pas ne firent aucun bruit sur le parquet, pas plus que la porte de la librairie lorsqu'elle se referma derrière lui.

Monty ne bougea pas ; il en était incapable. Son imagination s'emballa, et il eut l'impression d'avoir chaud et froid en même temps. Il était clair que, pour l'évêque, le manuscrit avait un pouvoir encore plus grand qu'il ne l'avait lui-même pressenti lorsqu'il avait échoué à le reproduire par des moyens mécaniques. Qui l'avait écrit ? Et quand ? Était-ce une contrefaçon récente ? À l'évidence, il renfermait un terrible secret, qui avait très certainement un rapport avec l'Église. Était-ce par cupidité qu'elle tenait absolument à s'en emparer ? L'Église catholique possédait des trésors inimaginables. Et s'il était question d'un péché personnel, ou d'abus collectifs d'un genre qu'on ne connaissait déjà que trop bien mais qui impliquait une personne d'une extraordinaire importance ? Le texte parlait-il de corruption, de violence, ou même d'un crime ? Réfutait-il une doctrine que nul n'osait discuter ou remettre en cause ?

Les hypothèses se bousculaient dans sa tête, toutes plus glaçantes les unes que les autres.

Finalement, il se leva, un peu chancelant, les membres engourdis, et essaya encore une fois d'appeler Roger Williams. Il laissa s'égrener vingt sonneries. Pas de réponse. Il raccrocha, puis téléphona au jeune homme qui gardait la boutique en l'absence de Roger pour le prévenir qu'il ne serait pas là le lendemain.

*

Monty se rendit en voiture dans le village où vivait Williams. En dehors des heures de grande circulation, la campagne était paisible sous le soleil matinal. Il traversa le morne paysage où s'étendaient des champs à perte de vue. La plupart des terres étaient cultivées, quelques moutons broutaient de-ci de-là.

Il était en train de réfléchir à la manière dont il allait expliquer à Roger le malaise qu'il avait ressenti en voyant le vieil homme, et plus encore l'évêque, qui lui avait paru à la fois affable et menaçant. Mais peut-être avait-il été victime de son imagination, tandis que ses idées fantasmagoriques avaient été confortées par son incapacité technique à photocopier le manuscrit.

Toutefois, Hank n'y était pas non plus parvenu. Il arrivait à son ami d'être distrait, et il avait un curieux sens de l'humour, mais il n'était jamais incompétent.

Monty laissait son regard errer sur un champ, lorsque son cœur rata un battement. La terre noire était jonchée de milliers de crânes humains. On aurait pu croire qu'une armée entière s'y était fait massacrer et que les cadavres avaient été laissés là, à pourrir au grand air, pour rappeller à chacun sa propre finitude.

Ses mains glissèrent sur le volant ; la voiture fit une embardée, dérapa en travers de la route et se retrouva au bord d'un fossé. Trente centimètres de plus et il cassait son essieu. Il se força à respirer. Tremblant de tout son être, il transpirait à grosses gouttes.

Monty s'arma de courage et s'obligea à regarder de nouveau vers le champ. Il aperçut des navets au milieu de la boue et des mauvaises herbes, semblables à des crânes entassés sur le sol.

Quelle était cette chose atroce qu'il avait aperçue ? Un Armageddon ?

Il enclencha la marche arrière et recula très lentement, puis resta là quelques minutes à trembler avant de se ressaisir et de parcourir les trois derniers kilomètres qui le séparaient de la maison de Roger. Il se gara dans l'allée. Encore un peu ébranlé, il sortit de la voiture avec raideur et alla jusqu'à la porte. Il sonna sans obtenir de réponse. En temps normal, il aurait attendu, ou bien il serait revenu un peu plus tard, après être allé prendre un café ou une bière au pub. Mais là, il y avait urgence. En poussant la porte, il constata qu'elle n'était pas fermée à clef.

Une odeur âcre de fumée flottait dans l'entrée, comme si Roger avait laissé brûler une casserole, ou même un repas entier.

— Roger ! appela-t-il du bas de l'escalier.

N'obtenant pas de réponse, il monta, craignant tout à coup que Roger soit plus gravement malade qu'il ne l'avait cru. Il frappa à la porte de la chambre et, comme personne ne se manifesta, il entra.

Suffoquant aussitôt, il recula, la main plaquée devant la bouche. Le silence était aussi abominable que complet. Le corps calciné de Roger gisaient sur les vestiges carbonisés du lit au milieu de la moquette noircie. La pièce entière était recouverte d'une épaisse couche de suie, comme si un terrible incendie avait fait rage, consumant tout sur son passage.

Monty redescendit tant bien que mal dans l'entrée et se dirigea vers le téléphone pour prévenir la police.

Le commissariat se trouvait dans une petite ville à vingt minutes de là. On le pria de rester sur place. Près de deux heures s'écoulèrent avant qu'un lieutenant du comté d'humeur maussade ne l'informe qu'ils soupçonnaient un incendie criminel, fulgurant et fatal. On lui posa une foule de questions, notamment sur la librairie et sur la vie privée de Roger, après quoi on lui demanda un compte rendu détaillé de sa journée de la veille. À son grand soulagement, il fut en mesure de le leur fournir.

Dès qu'il en eut la permission, Monty retourna à Cambridge, où il alla voir le notaire de Roger afin de l'informer de son décès, mais aussi de lui demander ce qu'il devait faire dans l'immédiat de la librairie. Il était trop sidéré, affligé et abasourdi pour songer à son propre avenir.

— Je crains qu'il ne vous incombe de vous en occuper, M. Danforth, déclara M. Ingles d'un air grave. La seule famille qui restait à M. Williams est une nièce qui vit en Australie. Je vais essayer de la contacter ; seulement, je sais que la jeune femme est plus ou moins exploratrice, aussi risque-t-il de se passer un certain temps avant que ses instructions nous soient transmises. En attendant, c'est à vous qu'il revient de diriger l'affaire en tant que successeur désigné par M. Williams. Il ne vous en avait pas informé ?

Monty lui confirma que non.

— Je suis navré… À en juger par votre tête, je vois bien qu'il n'en avait rien fait. Je vous prie de m'excuser. Cependant, je ne peux rien faire de plus pour l'instant.

Monty était consterné. Et le manuscrit… Il ne pouvait tout de même pas prendre la décision de le mettre en vente !

— Quand pensez-vous retrouver cette femme ? demanda-t-il en désespoir de cause. La police australienne ne peut-elle pas la contacter ? Elle doit bien avoir des responsabilités ? Un téléphone ? Une adresse mail ? Quelque chose !

— Je suis certain que nous allons la retrouver d'ici quelques semaines, M. Danforth, le rassura le notaire. D'ici là, je vous conseille de tenir la librairie comme vous le faites d'habitude.

Monty eut l'impression que tout s'écroulait autour de lui, et qu'il se retrouvait seul et vulnérable face aux forces des ténèbres.

— Vous ne comprenez pas ! s'emporta-t-il, conscient de l'hystérie dans sa voix, mais incapable de la maîtriser. Dans la dernière livraison, j'ai reçu un manuscrit que deux personnes veulent absolument acquérir. Or, je n'ai aucune idée de ce qu'il vaut ni à qui je dois le vendre !

— Ne pourriez-vous pas le faire expertiser pour en déterminer la valeur ? interrogea Ingles, levant assez haut ses sourcils argentés.

— Non, impossible. Pas s'il vaut ce que les deux personnes intéressées ont laissé entendre. Je ne sais pas de quoi il s'agit… c'est…

— Vous êtes bouleversé, M. Danforth, dit Ingles d'une voix apaisante. La mort de Roger vous a secoué, et c'est bien naturel. Je suis certain que, lorsque vous aurez eu un ou deux jours pour réfléchir, ou au moins une bonne nuit de sommeil, vous saurez quoi faire. Roger vous tenait en très haute estime, vous savez.

À tout autre moment, Monty eût été ravi de l'entendre ; mais à cet instant, cela ne faisait qu'empirer les choses. Il voyait bien dans le regard du notaire qu'il le prenait déjà pour un incapable et devait se demander pour quelles raisons Roger avait eu autant confiance en lui.

— L'Église veut le récupérer, dit-il.

— Eh bien, vendez-le leur, au prix qu'un expert compétent fixera pour vous, rétorqua Ingles en se levant.

Comment Monty pouvait-il lui expliquer la force qui émanait du vieil homme, les émotions extraordinaires qu'il n'avait pu ignorer sur son visage ? Formulé avec des mots, cela paraissait absurde.

— Je vais faire procéder à une estimation. Ce fut la seule chose qu'il trouva à répondre.

Le notaire lui sourit.

— Bien. J'attendrai d'avoir de vos nouvelles.

*

Monty ne rentra que très tard chez lui et consacra la journée suivante à gérer les affaires courantes de la librairie. Il fallait remplir de multiples paperasses, accéder aux comptes bancaires, régler des détails dénués d'intérêt mais indispensables.

Le soir venu, il se rendit dans son pub favori, désireux de dîner dans un environnement à la fois agréable et familier. Il avait appelé Hank pour lui proposer de venir le rejoindre, mais il n'était pas encore rentré chez lui et ne répondait pas sur son portable, si bien qu'il se résigna à manger en solitaire.

Il fit un repas qu'il aurait dû trouver délicieux : un pâté en croûte frais du jour, accompagné de petites tomates fermes et sucrées, des pickles maison, du fromage de Caerphilly sur des biscuits à l'avoine et un verre de cidre. Mais rien n'avait vraiment de goût.

Derrière les baies vitrées, le soleil couchant déposait une patine dorée sur la berge, et les arbres qui bordaient la rivière bougeaient à peine dans la brise légère. Monty contemplait le ciel vers l'ouest lorsqu'il aperçut un homme qui remontait le chemin au bord de l'eau et traversait la pelouse. Le crépuscule le nimbait d'une auréole, et la lumière semblait émaner directement de sa personne.

Non sans étonnement, Monty vit l'homme franchir la porte du pub et se diriger droit sur lui, comme s'ils se connaissaient. Il s'arrêta devant sa table.

— Puis-je me joindre à vous, M. Danforth ? demanda-t-il posément. Nous devons discuter de certaines choses.

Sans attendre sa réponse, il tira une chaise et s'installa en face de lui.

— Je ne prendrai rien, merci, enchaîna-t-il comme si Monty lui avait proposé quelque chose.

— Je n'ai rien à vous dire, monsieur ! rétorqua Monty, un brin agacé. On ne se connaît pas. Et j'ai eu une très longue journée. Un de mes amis vient de mourir dans des circonstances tragiques. Aussi je préférerais finir de dîner seul, si vous permettez.

Il savait qu'il devait passer pour un grossier personnage et s'en moquait.

— Ah, oui, dit l'homme avec tristesse. La mort de ce pauvre M. Williams… Encore une victime des puissances des ténèbres…

— Il est mort brûlé vif ! rétorqua Monty avec une colère soudaine, à laquelle vint s'ajouter une réelle et vive douleur. Le feu n'a rien d'une arme des ténèbres !

L'homme avait le front haut, le visage avenant et de grands yeux bleus qui pétillaient d'intelligence.

— Je voulais parler des ténèbres de l'esprit, M. Danforth, non de celles de la chair. Le feu a été l'une de ses armes depuis le commencement. On s'imagine qu'il anéantit le mal, qu'il le purifie. On a brûlé des femmes avisées et des guérisseuses dans la terreur superstitieuse qu'elles étaient des sorcières. On a brûlé des hérétiques parce qu'ils osaient remettre en cause nos croyances. On a brûlé des livres parce que le savoir ou les opinions qu'ils contenaient nous effrayaient et que nous redoutions de les voir se répandre. Et, pardonnez-moi de vous le rappeler, vous avez-vous-même pu constater très récemment les conséquences dévastatrices du feu. Je doute que vous l'ayez trouvé purificateur, n'est-ce pas ?

Malgré lui, Monty crut de nouveau sentir l'odeur de brûlé et revit le corps calciné de Roger sur son lit réduit en cendres. Il eut soudain un haut-le-cœur, comme si ce qu'il venait de manger le dégoûtait.

— Qui êtes-vous et que voulez-vous ? demanda-t-il d'un ton brusque.

— Je suis un érudit. Je pourrais apporter des connaissances au monde. Je n'établirais pas de hiérarchie en décrétant que telle personne a le droit de savoir telle chose et pas une autre. Je ne permettrais pas à certains de cacher la vérité simplement parce que eux-mêmes la trouvent gênante et qu'ils estiment que d'autres pourraient la trouver difficile, voire inacceptable. Je ne forcerais personne, mais je permettrais à tout le monde d'y avoir accès.

— À votre avis, de quoi s'agit-il ? interrogea Monty avec curiosité.

— D'un témoignage unique du temps de Jésus. Il pourrait conforter nos croyances. Ou bien les réduire à néant. Ce sera une vérité nouvelle – ou très ancienne…

Monty savait déjà ce qu'il allait dire, mais il posa néanmoins la question.

— Et pourquoi venez-vous me voir dans ce moment de deuil ? En interrompant mon dîner ?

— À dire vrai, vous avez fini de manger, répondit l'homme en montrant l'assiette vide, un sourire s'étalant sur son visage aux traits finement sculptés. J'ai toutefois du mal à croire que vous ignorez pourquoi je suis là. Je souhaite vous acheter le manuscrit, au prix que vous estimerez juste. Je vous demanderais de le révéler au monde entier si je pensais pouvoir vous en persuader, mais je sais que vous vous sentez responsable de l'héritage dont il fait désormais partie. Et je vous en prie, ne me dites pas que ce n'est pas en votre pouvoir. Après la mort terrible de M. Williams, il en va maintenant de votre devoir.

Bien que la soirée ait fraîchi depuis le coucher du soleil, Monty sentit des gouttes de sueur perler sur son front.

— Vous n'êtes pas le seul à vouloir l'acheter, répondit-il.

— Cela va sans dire, répliqua l'érudit, amusé. Si c'était le cas, je douterais de son authenticité. L'Église, sachez-le, poussera très haut les enchères. Mais l'argent ne saurait être votre seule préoccupation… J'en serais extrêmement déçu, M. Danforth. J'ai une plus haute opinion de vous.

— Je n'ai encore pu charger personne de l'expertiser, se défila Monty. Il est impossible de lui attribuer un prix.

— Et cela sera toujours impossible une fois que vous l'aurez fait estimer. Mais vous n'êtes pas honnête avec vous-même. Vous me semblez avoir assez d'éducation pour deviner à quoi vous avez affaire. Et je peux vous assurer que c'est bien ce que vous croyez.

— Je ne crois rien du tout, se défendit Monty avec humeur.

L'érudit avait l'air transporté. Ses yeux brillaient d'un vif éclat dans la lumière déclinante.

— Il s'agit du testament perdu de Judas l'Iscariote, marmonna-t-il, d'une voix à peine audible. Nous avons connaissance de son existence depuis des siècles. Nombreux sont ceux qui ont cherché à s'en emparer, soit pour le détruire, soit pour le rendre à l'humanité toute entière.

C'était donc vrai. Assis au bord de la rivière dans le crépuscule anglais, Monty se sentit soudain transporté dans le Jérusalem d'il y a deux mille ans. Il s'imagina la trahison, le sacrifice, la souffrance et le sang versé, et le voyage d'un homme, trébuchant pieds nus dans la poussière tandis qu'il accomplissait son voyage vers l'immortalité. Il songea à la foi, au chagrin et à l'amour.

— Vraiment ? demanda-t-il, subjugué.

— Je pense que vous le savez déjà, Monty. Il faut offrir ce manuscrit au monde. L'humanité est en droit de savoir ce qu'il contient – que l'histoire soit différente, ou que ce soit celle que nous attendons tous. Du reste, d'un simple point de vue moral, l'accusé n'a-t-il pas le droit de témoigner ?

Cette pensée tourbillonna dans l'esprit de Monty sans qu'il trouve quoi répondre. Toute cette histoire était tellement énorme... Pas étonnant qu'il ait été incapable de photocopier le manuscrit !

L'érudit se pencha au-dessus de la table.

— Vous seriez un bienfaiteur de la justice, reprit-il, incapable de dissimuler son enthousiasme. Un honnête homme, un véritable savant en quête de vérité, peu importe sa gloire personnelle ou son intérêt financier, un homme d'une intégrité sans souillure !

L'espace d'un instant, Monty faillit se laisser tenter. Il manqua répondre, puis il repensa au vieil homme avec sa petite-fille, ainsi qu'à la promesse qu'il lui avait faite. Pourquoi désirait-il acheter le manuscrit ? Il était le seul à ne lui pas avoir donné d'explication. Il repensa à la douleur dans son regard et à son air lointain comme s'il avait traversé le temps.

— Je vais y réfléchir, dit-il à l'érudit. Donnez-moi une adresse, et je vous contacterai. À présent, veuillez me laisser à mon cidre et à mon dessert.

*

En réalité, il ne commanda ni cidre ni gâteau. Il régla l'addition et s'en alla. Dès qu'il fut dans sa voiture, il réessaya d'appeler Hank sur son portable. Cette fois, son ami répondit.

— Il faut que je te voie tout de suite, dit Monty avant même de lui demander comment il allait ou ce qu'il faisait. Rejoins-moi à la librairie. Je t'attends.

— Tout va bien ? s'inquiéta Hank. Ça n'a pas l'air d'aller. Que s'est-il passé ?

— Viens à la boutique, répéta Monty. Sonne, et je t'ouvrirai.

Une demi-heure plus tard, ils étaient tous les deux dans la pièce où Monty travaillait, le manuscrit déroulé devant eux.

— Cet érudit, c'était qui ? interrogea Hank d'un air grave. Il a bien dû te donner son nom.

— Absolument pas. Et comme le vieil homme et l'évêque, s'ils sont vraiment ce qu'ils prétendent être, il connaissait son existence, se désola-t-il en jetant un regard sur le manuscrit. Ainsi que mon nom, et l'endroit où ils pourraient me trouver. À part toi, je n'en ai pourtant parlé à personne. Je n'ai même pas eu le temps de prévenir à Roger.

Hank se pencha sur le parchemin, releva ses lunettes en plissant les yeux afin de l'examiner de plus près. Il garda le silence un si long moment que Monty commença à s'impatienter. Il s'apprêtait à dire quelque chose quand enfin Hank se redressa.

— Mes connaissances en araméen sont rudimentaires, murmura-t-il d'une voix tendue. Ses rides étaient plus marquées que d'ordinaire, peut-être exagérées par la lumière artificielle. Je reconnais seulement quelques mots. Je ne suis pas très fort dans ce domaine. Mais, bien que ce soit très éloigné des mathématiques, les enseignements de Jésus m'ont toujours attiré – c'était un homme bon, d'une grande morale.

— Et… ? La voix de Monty trembla.

Un doux sourire éclaira le visage de Hank.

— Et non, je n'ai pas d'illumination, Monty. Les rares mots que je reconnais me paraissent ambigus, comme s'ils pouvaient donner lieu à diverses interprétations. Il y a plusieurs noms propres, et je suis presque certain que l'un d'eux est celui de Judas. Seulement, il y en a tant que je ne connais pas que je ne peux pas deviner ce qu'ils signifient... Le problème n'est pas de passer à côté d'une subtilité. Je pourrais très bien omettre une négation et en déduire un sens entièrement différent.

— Mais... l'érudit pourrait avoir dit vrai ? S'agirait-il du testament disparu de Judas l'Iscariote ?

— Ou de n'importe qui, mais cela pourrait tout autant être une simple lettre ou un faux.

— Non, c'est impossible, affirma Monty avec certitude. Touche-le, essaie d'en faire une photocopie... Il est authentique. Même toi tu ne peux pas le nier.

Hank se mordilla la lèvre ; ses rides se creusèrent davantage.

— Si c'est bien ce que prétend l'érudit, cela expliquerait pourquoi l'évêque est aussi pressé de l'acquérir, et sans doute de le détruire. Ou a minima de le garder secret.

— Pourquoi ? Ce texte remettrait la religion, et en particulier le christianisme, au cœur des débats actuels.

— Si ce manuscrit confirme ce qu'on nous enseigne depuis deux mille ans, concéda Hank. Mais si ce n'est pas le cas ?

— Comment cela ?, rétorqua Monty, devinant aussitôt la réponse.

C'était comme si quelqu'un diminuait peu à peu les lumières, aussi loin que pouvait porter l'œil, aussi loin que pouvait s'étendre l'imagination.

Hank garda le silence.

— Une fausse crucifixion ? reprit Monty. La résurrection de Jésus ne serait qu'un mensonge ?

Il regretta immédiatement ses paroles.

— Ce serait calamiteux… Des millions de personnes seraient privées de leur seul espoir, de l'idée qu'elles se font du ciel, ou d'une justice à même de réparer les chagrins.

Il avala péniblement sa salive.

— Ou de l'espoir de revoir les êtres chers… Quant à ceux qui n'ont pas eu leur chance ici-bas…

— Je sais, dit Hank à voix basse. Je ne voudrais jamais imposer cette idée à personne, même si je la partage. Je pencherais pour donner le manuscrit au prince de l'Église et le laisser le brûler.

— Toi, Hank, laisser brûler des livres ? bafouilla Monty, incrédule.

— Si je devais choisir entre la vérité, ou ce qui semble l'être, et la compassion, je crois que je choisirais la compassion. Il y a trop de « brebis tondues » que je m'en voudrais de blesser.

— « Aux brebis tondues Dieu mesure le vent », cita Monty dans un murmure. Et tu en serais capable sans même savoir de quoi parle le manuscrit ?

— C'est là tout le problème, reconnut Hank. On ne sait pas ce qui est écrit. Ce n'est peut-être pas ça du tout. Tu te rappelles ce que Jésus a dit à Judas, selon la Bible ? « Va et fais ce que tu dois ».

Monty le dévisagea sans rien dire.

Hank contempla le manuscrit.

— Si Judas n'avait pas trahi Jésus, il n'y aurait pas eu de procès, et par conséquent pas de crucifixion ni de résurrection. Et s'il n'avait fait que son devoir ? Sans cela, l'épopée du christianisme n'aurait peut-être jamais eu lieu.

Monty demeura sans voix. Des pensées, incontrôlables, défilaient dans sa tête.

— Mais cette hypothèse ruinerait la damnation que la chrétienté a toujours fait peser sur Judas, poursuivit Hank. Tout deviendrait d'un seul coup terriblement réel, et effroyablement complexe. Cette révélation est beaucoup trop grave pour être partagée avec le reste du monde, car la plupart des croyants préfèrent une religion simple. Le bien et le mal… Le blanc et le noir… Pas de dilemme. Personne n'aime devoir prendre des décisions difficiles… Cela fait deux mille ans qu'on nous dit quoi penser, nous nous y sommes habitués. Et crois-moi, Monty, si ce manuscrit tombe dans d'autres mains que celles du prince de l'Église, il se retrouvera dès le lendemain sur Internet, et tout le monde sera au courant.

— Les intentions de l'évêque sont évidentes, admit Monty. Ses motivations pour récupérer le le parchemin sont claires, et il m'est impossible d'être tout à fait contre. Je comprends également les raisons de l'érudit de vouloir le divulguer sans se préoccuper de ce qu'il détruira ou des personnes qui en seront meurtries. Mais qui est le vieil homme ? Pourquoi veut-il le manuscrit ? Et comment savent-ils tous que ce document existe et que je l'ai en ma possession ?

— Comment as-tu dit qu'il s'appelait ? demanda Hank. Il est bien le seul à t'avoir donné son nom ?

— Oui. Judson Garrett.

Hank se figea.

— Judson Garrett ? Tu peux répéter ? Se pourrait-il que… ?

Il regarda fixement le manuscrit.

— Enferme-le à double tour, Monty. Je ne sais pas si ça servira à quelque chose, mais essaye de le mettre à l'abri.

*

Le lendemain matin, de bonne heure, Monty reçut un coup de fil de la police qui lui confirma que Roger Williams avait été assassiné. On lui demanda de passer au commissariat dès que possible, de préférence dans la matinée. Il y avait plusieurs points sur lesquels il pouvait apparemment les éclairer.

— D'accord, répondit-il. Je serai là dans deux heures tout au plus.

*

Il fut accueilli par une charmante jeune femme d'une trentaine d'années qui se présenta comme le lieutenant Tobias.

— Je suis désolée, M. Danforth, s'excusa-t-elle d'emblée. Je vous apporte un café ?

— Euh… Oui, volontiers.

Refuser aurait été discourtois, et avoir quelque chose à faire de ses mains serait bienvenu. Peut-être aurait-il l'air moins nerveux. Monty se demanda si elle avait remarqué à quel point il était tendu, ne sachant pas ce qu'il devait révéler et ce qu'il devait taire.

— Vous avez dit que Roger avait été assassiné, commença-t-il dès qu'ils furent installés dans le petit bureau.

Dans ce cas, pensait-il, pourquoi confier l'enquête à un simple lieutenant, qui plus est une si jeune femme. La police n'avait pas l'air de considérer que l'affaire était d'une très grande importance.

— Oui, confirma-t-elle gravement. L'incendie a été déclenché de façon délibérée, cela ne fait aucun doute. Et on a frappé M. William à la tête avant de mettre le feu. J'ai pensé que vous aimeriez le savoir dans la mesure où ça signifie que votre ami n'a probablement pas souffert.

L'espace de quelques secondes, Monty resta figé. Il s'était refusé à imaginer ce qu'avait pu ressentir Roger.

— Merci, dit-il, un peu gêné. Pour quelle raison ? Je veux dire, savez-vous pourquoi quelqu'un aurait voulu le tuer ?

— J'espérais que vous pourriez nous aider sur ce point. Rien dans sa vie privée n'explique l'assassinat. Et le fait que la maison ait été fouillée de fond en comble mais qu'on ait laissé de très belles choses, dont certaines de grande valeur, sans parler de l'argenterie qui est très ancienne, laisse penser que ce n'était pas un cambriolage. Aucun appareil électronique n'a été dérobé, et il possédait plusieurs téléphones portables et iPods fort coûteux qu'il aurait été très facile d'emporter.

Monty secoua la tête, comme s'il voulait chasser cette idée.

— Personne n'aurait pu détester Roger à ce point. Des drogués, peut-être ?

— Peut-être. Mais la fouille a été menée de façon très méticuleuse. Rien n'a été abîmé ou jeté par terre.

— Alors, comment le savez-vous ?

Le lieutenant Tobias esquissa un petit sourire.

— À cause des empreintes dans la poussière, sur les rayonnages de la bibliothèque, répondit-elle. Et pas seulement à quelques endroits, comme si M. Williams avait dérangé un ou deux livres depuis le dernier ménage. Nous en avons relevé sur toutes les étagères, et elles étaient toutes récentes. Quel genre d'ouvrages vendez-vous, M. Danforth ? Quel est votre article le plus précieux ?

Monty eut soudain très froid, le goût du café lui parut amer. À moins de mentir, il n'y avait qu'une seule réponse possible. Il envisagea un bref instant cette solution avant de finalement y renoncer.

— En général, un livre rare, souvent, un manuscrit ou un folio original, et beaucoup de premières éditions. Ils peuvent valoir des milliers de livres sterling, voire des dizaines de milliers. De temps à autre, nous recevons un manuscrit ancien, parfois enluminé.

La jeune femme le regarda droit dans les yeux.

— Et en ce moment ?

Il respira à fond, puis lâcha un soupir.

— En ce moment, nous avons un manuscrit ancien qui est arrivé dans un carton de livres relativement ordinaires, suite à une succession.

— Ancien ? Qu'entendez-vous par ancien ?

Avait-elle des connaissances en la matière ? Probablement pas. Pour elle, l'histoire ancienne devait se situer autour de la Seconde Guerre mondiale

— M. Danforth ?

— Probablement de l'époque de Jésus-Christ, répondit Monty sur un ton qu'il jugea un peu mélodramatique.

La jeune femme parut extrêmement intéressée.

— Vraiment ? En quelle langue est-il écrit ? Latin ? hébreu ? Araméen ?

— Je pense que c'est de l'araméen. Il s'agit d'un document apparemment très important, car trois personnes me l'ont déjà réclamé, alors que je ne l'ai pas encore fait authentifier.

— Vous avez mis une annonce ? s'enquit-elle avec une pointe de reproche.

— Non. J'ignore comment quiconque a pu avoir vent de son existence. Et je ne sais pas si c'est réellement de l'araméen. J'ai un ami qui connaît quelques mots dans cette langue et qui pense que c'est le cas. Je dois encore demander confirmation à un expert.

— Avez-vous une idée de ce dont parle ce manuscrit ? insista la jeune femme. Sur quoi est-il écrit ? Du parchemin ? Du vélin ? De quelle longueur est le texte ?

Monty se raidit aussitôt.

— Puis-je savoir en quoi ces précisions peuvent vous être utiles ?

Elle sourit.

— Mon père s'appelle Eli Tobias, répondit-elle avec fierté. Il est spécialiste en manuscrits araméens anciens. Nous pensons que M. Williams a été tué à cause d'un livre d'une grande rareté. C'est ce qui explique qu'on m'ait chargé de l'enquête.

Monty soupira.

— Vous avez raison. Trois hommes sont venus me promettre monts et merveilles en échange du parchemin. Et je n'arrive pas à le photocopier. C'est comme s'il était… possédé.

— Il faut que vous le soumettiez à un expert. Ou même plusieurs. Ces personnes vous ont-elles dit ce que contenait le manuscrit et pour quelles raisons elles tiennent tant à l'acquérir ?

Monty lui répéta les propos de chacun d'eux. Elle l'écouta sans l'interrompre.

— Mettez-le en sécurité, M. Danforth, dit-elle lorsqu'il eut terminé.

Il la regarda par-dessus de sa tasse de café refroidi, l'air perdu.

— Nous vous enverrons deux experts demain ou après-demain. Je crois que nous savons désormais pour quel mobile le pauvre M. Williams a péri brûlé vif... Je vous en prie, restez très prudent.

Monty promit et repartit du commissariat, un peu ébranlé. Il retourna en voiture à Cambridge et travailla dans la boutique jusque tard dans l'après-midi. Lorsqu'il eut terminé d'établir le catalogue du fonds Greville, il décida de rentrer dîner chez lui. Peut-être téléphonerait-il à Hank pour lui raconter les dernières nouvelles. Discuter avec son ami lui ferait du bien. Son bon sens, comme une bouffée d'air frais, chasserait les bêtises qui lui encombraient l'esprit.

En sortant de la librairie, il fut étonné de voir qu'il avait plu abondamment, sans qu'il s'en soit rendu compte. Par endroits, les caniveaux débordaient. Heureusement que la pluie avait cessé, sans quoi il aurait trempé. Vers l'est, le ciel s'assombrissait, et les lueurs rougeâtres qui l'embrasaient à l'ouest promettaient une belle journée le lendemain – si toutefois l'on se fiait aux vieux dictons.

Il tourna au coin de la rue, et le soleil couchant l'éblouit si fort qu'il dut fermer les yeux. À la seconde où il les rouvrit, la stupeur le saisit, aussi brusquement qu'un coup de poing. L'asphalte était entièrement recouvert de sang qui formait des flaques miroitantes écarlates et coulait en gargouillant dans les caniveaux.

L'horreur de ce spectacle le laissa paralysé.

Un cycliste qui arrivait à vive allure dérapa sur la chaussée et le percuta au passage. Sonné, le souffle coupé, Monty resta incapable de bouger. Tant bien que mal, il finit par inspirer un peu d'air et se mit lentement à genoux, étourdi, la tête douloureuse.

Une vieille dame se précipita à son secours, l'air épouvanté.

— Tout va bien ? demanda-t-elle avec inquiétude. Quels imbéciles ! Ils roulent beaucoup trop vite ! Et celui-là ne s'est même pas arrêté… Vous êtes blessé ?

Elle lui tendit la main pour l'aider à se relever, mais elle était trop frêle pour pouvoir supporter son poids.

Monty se redressa, surpris de constater qu'il était trempé, mais qu'il n'avait rien de cassé. Les manches de sa veste et les poignets de sa chemise couverts de boue dégoulinaient, ainsi que son pantalon. Sa paume éraflée saignait.

— Non, ça va, merci. Je crois que j'étais au milieu de la route, je… je regardais le…

Il ne restait plus rien de la vision des flots de sang, juste une rue banale où scintillaient des flaques de pluie dans les dernières lueurs du couchant. Il s'abstiendrait d'en parler à Hank. Son ami l'avait toujours dit : les phénomènes les plus surnaturels n'étaient que le fruit d'imaginations débordantes qui plaquaient des peurs très humaines sur des situations parfaitement normales.

*

Toutefois, lorsqu'il retrouva Hank un peu plus tard, après s'être lavé, changé et avoir pris un bon dîner, il lui parut dans un état d'inquiétude inhabituel.

— Est-ce que tu comprends pourquoi on ne peut pas photocopier ou photographier ce manuscrit ? lui demanda Monty, alors qu'ils buvaient du café tout en dégustant des chocolats à la menthe.

— Non, répondit Hank sans détour, en esquissant un sourire désolé. Pour une fois, la logique m'échappe. Tu n'as passé d'annonce nulle part, mais il y a forcément une explication au fait que ces trois hommes aient été informés de l'existence du manuscrit. Et s'ils savaient qu'il était en ta possession, ça n'a sûrement pas été très compliqué de remonter jusqu'à ce pauvre Roger. Monty…

— Oui ?

— Il faut régler au plus vite le problème. Je ne voudrais pas être alarmiste, mais vu qu'ils n'ont pas hésité à tuer Roger pour le récupérer, ils ne vont pas se contenter d'accepter un délai poli de ta part.

L'obscurité croissante qui embrumait l'esprit de Monty se manifesta soudain sous une forme très singulière. Une onde de vive chaleur le parcourut, comme s'il sentait déjà les flammes.

— Je n'ai aucune idée de ce qu'il peut valoir, dit-il, l'air désespéré. J'aurais préféré ne jamais trouver ce manuscrit. Le lieutenant Tobias va demander à son père de passer l'examiner dans la semaine. Et s'ils refusent d'attendre ? Ou de payer le prix estimé ? Je ferais mieux de prévenir le notaire chargé de la succession Greville, tu ne crois pas ?

Hank réfléchit quelques secondes.

— Non, répondit-il. Tu m'as dit que Roger avait acheté ces livres dans un lot lors d'une vente aux enchères. C'est donc à lui qu'ils appartiennent, pas aux Greville. En revanche, tu as raison, je ne crois pas que tu puisses attendre qu'on ait procédé à l'estimation. Cela risque de prendre du temps, surtout si c'est bien ce que prétend l'érudit. Le manuscrit serait alors quasiment inestimable…

— Mais qu'est-ce que je dois faire, bon sang ? Et si j'en faisais don au British Museum ?

Hank se mordilla la lèvre.

— Crois-tu que l'évêque ou M. Garrett te laisseront faire ? Qui a tué Roger, à ton avis ?

Monty ferma les yeux et se passa la main dans les cheveux.

— Je n'en sais rien. Sûrement l'un des deux... Hank, qu'est-ce que je dois faire ?

Ce dernier demeura un long moment immobile et silencieux.

Monty attendit.

Pour finir, Hank reprit la parole, d'une voix lente et très basse.

— Je ne crois pas qu'on puisse attendre. J'ai beau ignorer ce que renferme ce manuscrit, je sais qu'il possède un immense pouvoir, que ce pouvoir est bel et bien réel, et extrêmement dangereux. Roger en est mort. Il vaudrait mieux mettre un terme à cette affaire avant que des experts l'aient analysé. Pour commencer, je ne suis pas sûr que l'évêque, peu importe qui il est vraiment, le permette. Son intention en achetant le manuscrit est de le détruire, de manière à avoir la garantie que personne ne saura jamais ce qu'il renferme – aucun expert ou érudit, pas même le commun des mortels, et surtout aucun croyant.

— Et M. Garrett ?

— Je ne sais pas qui est cet homme, mais je ne peux m'empêcher de formuler une hypothèse tellement absurde qu'elle me fait douter de ma santé mentale ! D'après moi, s'il veut le manuscrit, c'est dans le but de contredire le verdict de l'histoire.

— Que va-t-on faire ? se lamenta Monty cherchant le regard clair de son ami.

— Nous allons dire à ceux qui sont venus te le réclamer de venir nous retrouver chez Roger, où nous organiserons une vente aux enchères à huis clos rien que pour eux trois.

— Je n'ai aucun moyen de les contacter, remarqua Monty.

— Tu n'as qu'à mettre une petite annonce dans le *Times*. Même s'ils ont visiblement les moyens de se renseigner autrement. D'ailleurs, c'est étrange qu'ils se soient trompés sur l'endroit où était conservé le manuscrit…

— Comment cela ? Oh… tu veux dire qu'ils ont cru qu'il était chez Roger ? C'est vrai, pourquoi ? Et pourquoi l'ont-ils tué ? Il n'était même pas au courant…

— Est-ce que son adresse était inscrite sur le carton dans lequel se trouvait le manuscrit ?

Aussitôt, Monty revit de façon précise l'étiquette.

— Oui, elle était…

— C'est sans doute l'explication… À ce moment-là, ils ne devaient pas savoir que Roger était souffrant et ne venait pas à la librairie. Ils ont dû supposer qu'il l'emporterait chez lui.

— Et comment savaient-ils tout ça ? interrogea Monty.

— Je ne sais pas. Je ne crois pas à tes fantômes, ils ont tous une explication rationnelle, qu'elle relève des faits ou de l'hystérie. Mais je reconnais qu'il y a certaines choses que je suis incapable d'expliquer, et je suis prêt à admettre qu'elles pourraient être liées à un mal extraordinaire d'origine humaine et d'une puissance telle que nous sommes encore incapables d'en comprendre les manifestations.

— Voilà qui est fort généreux de ta part, commenta Monty avec une pointe de sarcasme et de dureté qui trahissait son angoisse.

Hank ne releva pas la remarque.

— Passe un avis dans les annonces privées du *Times* : « Gentleman souhaite mettre manuscrit ancien aux enchères. Toute reproduction malheureusement impossible. La vente se tiendra à 19 heures au domicile du défunt propriétaire de la librairie. Réponse inutile. » Ces quelques lignes devraient les attirer.

Monty avait la gorge tellement sèche que la langue lui collait au palais.

— Et ensuite ? coassa-t-il.

— Ensuite, on enferme le manuscrit à clef ici et on part attendre chez Roger, répondit Hank, le teint pâle, une lueur de peur dans les yeux.

*

À sept heures du soir, Hank et Monty étaient dans le salon de Roger Williams, trop fébriles pour rester assis dans les fauteuils. Hank était posté devant la fenêtre qui donnait à l'arrière sur le jardin ; Monty faisait les cent pas entre le milieu de la pièce et les fenêtres de devant. Une odeur tenace de fumée imprégnait encore la maison. Depuis l'incendie, l'électricité n'avait pas été rétablie. Au moment où le soleil laissa place à la pénombre, Hank craqua une allumette pour allumer la lampe-tempête qu'ils avaient pris soin d'apporter.

— Ils ne viendront pas, déclara Monty à sept heures et quart. On ne leur a pas laissé assez de temps… Ou bien ils sont allés à la boutique dès qu'on est partis, ont forcé le coffre et volé le manuscrit… On n'aurait jamais dû venir ici.

— S'ils avaient voulu le voler, ils l'auraient déjà fait, objecta Hank. Il est resté là-bas tous les soirs.

— Alors pourquoi n'ont-ils pas essayé ?

— Aucune idée. Peut-être ont-ils besoin d'une certaine légitimité, ou alors ils ne sont tout simplement pas doués pour percer les coffres-forts. C'est un modèle solide, n'est-ce pas ?

— Oui…

La flamme de la lampe diffusait sa lueur jaune dans la pièce lorsque soudain le vieil homme apparut, accompagné d'une enfant blonde aux yeux froids comme la glace, presque phosphorescents.

Monty sentit une sueur glacée couler dans son dos. Quand il se tourna vers Hank, il aperçut sur le seuil la silhouette implacable de l'évêque dans sa soutane, le visage irradiant d'un ardent mépris.

L'odeur de la fumée sembla plus lourde, prenant à la gorge.

L'évêque s'avança, révélant la présence de l'érudit qui se tenait dans l'embrasure de la porte. Son beau visage éclairé d'un immense sourire, il avait l'air extrêmement curieux de savoir ce qui allait se jouer.

Hank jeta un regard à Monty.

— Peut-être devrait-on démarrer les enchères ? suggéra-t-il.

Monty se racla la gorge.

— Je ne sais ni à quoi correspond ce manuscrit, ni s'il est authentique. Chacun d'entre vous a proposé de l'acheter en l'état. Veuillez proposer une enchère en fonction de la valeur que vous lui attribuez.

— Où est-il ? demanda l'évêque.

— Taisez-vous ! C'est sans importance, le coupa l'érudit. M. Danforth nous le montrera le moment venu. Nous ne voudrions pas courir le risque de le voir détruit dans un nouvel incendie, n'est-ce pas ?

Le vieil homme sourit.

— Vous êtes un sage, Monsieur ! Je crains que l'évêque ne cherche justement à le détruire. Et il paiera n'importe quel prix pour parvenir à ses fins.

— Que les flammes de l'enfer vous consument ! cria l'évêque d'une voix rauque.

— Les flammes de l'enfer brûlent sans jamais consumer, rétorqua le vieil homme d'un air las. Vous en savez si peu… La vérité est plus profonde, plus subtile, et bien supérieure à ce qu'invente votre imagination…

Brusquement, l'évêque se rua sur la lampe qu'il jeta aux pieds de Monty.

— Traître ! hurla-t-il, tandis que les flammes se propageaient sur l'huile renversée, se dressant telles des langues affamées.

L'érudit, qui n'avait pas cessé d'observer Hank, fondit sur lui et le bouscula en arrachant la sacoche qu'il tenait à la main. Puis il se précipita vers la fenêtre, le laissant abasourdi sur le sol.

Ce fut le vieil homme qui ôta son manteau et le jeta sur Monty pour étouffer les flammes qui déjà léchaient le bas de son pantalon et lui brûlaient les jambes.

Mais l'huile s'était répandue plus loin, et le canapé était en feu. Les tourbillons de fumée noire s'intensifièrent, devenant vite étouffants. L'évêque avait disparu. Hank était toujours à terre. Penché sur lui, Judson Garrett lui parlait tout en l'aidant à se relever.

À travers les volutes noires, Monty vit l'enfant sautiller, exultant de joie, les yeux étincelants d'une lueur diabolique à la vue du feu qui embrasait les habits du vieil homme. D'un seul coup, le vieillard était devenu fort et puissant, ses cheveux avaient retrouvé leur brun et ses traits leur jeunesse. Il traîna Hank jusqu'à la fenêtre, brisa la vitre et le poussa à l'extérieur juste avant d'être englouti par les flammes.

Fuyant la chaleur dévorante qui l'empêchait de respirer, Monty courut vers la porte d'entrée. Il l'ouvrit à toute volée et s'élança dans l'air pur et frais de la nuit. Derrière lui, les flammes s'élevaient en rugissant. Il ne resterait bientôt plus rien de la maison. Il fallait qu'il retrouve Hank en vitesse, qu'il l'éloigne des débris qui crépitaient en tous sens.

Arrivé à l'angle de la bâtisse, il aperçut son ami tituber, étourdi mais indemne.

— Monty… Monty ! s'écria Hank. Où est passé Garrett ?

— Je n'en sais rien, dit-il en l'agrippant par le bras. Il faut filer d'ici… Tout va exploser d'une seconde à l'autre ! Ce bois sec est une véritable bombe… Viens, dépêchons-nous !

À contrecoeur, Hank laissa Monty le tirer à l'écart. Ils avaient parcouru une cinquantaine de mètres sur la route lorsqu'ils virent une colonne de feu transpercer le toit et monter vers le ciel dans un vombrissement.

Tels les fragments déchiquetés de l'ombre, une nuée de corbeaux s'envola à tire-d'aile, des milliers, des dizaines de milliers d'oiseaux lâchant leurs cris rauques dans la nuit.

— Les autres sont-ils sortis de la maison ? demanda Hank, la voix tremblante.

— Non, assura Monty.

— L'évêque… Il a cru que le manuscrit était dans ma sacoche… Ça fait des années que je l'ai

— Qu'y avait-il dedans ?

— Rien, répondit Hank. Je n'avais pas pris le manuscrit, il l'aurait détruit…

— Et l'érudit l'aurait publié, sans se soucier de ceux qui auraient été ébranlés dans leur foi, ajouta Monty. À tort ou à raison, les gens ont besoin de rêves. Il faut leur en offrir de nouveaux avant de réduire les anciens à néant.

— Et Garrett ? interrogea Hank d'un air peiné, comme s'il redoutait la réponse.

— Il va bien, affirma Monty, convaincu que c'était la vérité.

Son ami le dévisagea, puis se tourna vers la maison.

— Il est encore à l'intérieur !

— Non, il n'est plus là. Mais il va bien.

— Et l'enfant ?

— Partie. Je pense qu'il s'est libéré d'elle ou plutôt de cette... créature.

— Tu crois ? demanda Hank, qui pour une fois n'était pas dubitatif mais sincèrement empli d'espoir.

— Oh, oui... Oui, je crois. Il était question de sacrifice et de rédemption, de la foi, de l'espoir que l'on a de triompher des démons qui nous harcèlent et nous poussent à la haine, nous poussent à sans cesse nous justifier, quel que soit le prix à payer.

— Et le manuscrit ? Tu comptes en faire quoi ?

— Je pense que nous allons découvrir en rentrant qu'il a disparu, répondit Monty. Le monde n'est pas encore prêt.

Hank lui sourit. Ensemble, ils s'en retournèrent vers l'obscurité qui s'étendait devant eux, vers des ténèbres qui n'étaient rien d'autre que les tendres plis de la nuit au bout de laquelle se lèverait le soleil.

FIN

Entretien avec Anne Perry

Comment avez-vous eu l'idée d'écrire ce roman ?

C'est Otto [*Penzler, directeur de la collection Bibliomysteries et fondateur de la maison d'édition Mysterious Press en Grande-Bretagne*] qui m'a demandé d'écrire un roman plutôt court, ayant pour thème principal les livres et les libraires. D'autre part, je m'intéresse depuis longtemps au personnage de Judas, à ce qui l'a poussé à agir comme il l'a fait, aux différentes interprétations qui existent à son propos. Après tout, s'il n'avait pas trahi le Christ, il n'y aurait pas eu de crucifixion et par conséquent, pas de résurrection ! Judas était-il vraiment mal intentionné ? Ou bien n'a-t-il fait que son devoir ? J'ai saisi cette opportunité et me suis donc lancée dans cette histoire sur ce thème, en donnant également une dimension surnaturelle au roman.

Le héros, Monty, est très doux, il a du mal à prendre des décisions sans l'aide de son ami Hank, pourquoi ce choix ?

Monty est quelqu'un de craintif, mais il est aussi extrêmement sensible aux phénomènes paranormaux – ce qui, je pense, va avec une nature calme, peu disposée à se jeter dans l'action sans réfléchir.

Hank quant à lui est un scientifique très pragmatique et terre à terre – peut-être aussi un peu irritant car il a un manque certain d'imagination…

Hank a de l'imagination, mais dans son domaine, pas en ce qui concerne les choses qu'on ne peut appréhender de façon « normale ». Il y a des scientifiques dans ma famille, et ils ont de l'humour et de l'imagination – mais pas en ce qui concerne les fantômes ou ce genre de phénomène… Je pense que Hank met le personnage de Monty en valeur, et vice-versa.

En ce qui concerne le personnage de la petite fille, pourquoi la choisir pour incarner le mal ?

Je l'ai choisie parce qu'elle a l'air totalement innocente et inoffensive. Pour moi, c'est le déguisement parfait. Personne ne songerait qu'elle peut être dangereuse et de cette façon, elle peut engendrer encore plus de mal. On hésite à l'idée de devoir s'en prendre à elle.

In fine, ce qui importe le plus à Hank et Monty, n'est-ce pas leur propre sécurité, et surtout éviter d'avoir à assumer le lourd fardeau de révéler au monde quelque chose d'aussi terrifiant ?

Monty et Hank veulent la sécurité d'autrui autant que la leur. Ils veulent absolument connaître la vérité, et n'ont pas l'arrogance de décider pour l'homme ce qui doit être dévoilé ou maintenu secret. Je pense qu'il serait immoral de prendre une telle décision sans songer aux conséquences que cela pourrait avoir.

À la fin de l'histoire, rien n'a vraiment changé. La vie reprend son cours, le manuscrit a disparu. Pourquoi avez-vous choisi de finir le roman de cette manière ?

La fin est en effet assez ouverte. Finalement, on ne fait que supposer que le manuscrit est bien l'Évangile de Judas. Cette situation donne à réfléchir. Je n'aurais pas pu terminer l'histoire en révélant le manuscrit au monde. Pour autant que je sache, il n'existe pas. Enfin, ni Monty ni Hank n'en ressortent indemnes, ils ne sont plus les mêmes. Je pense que c'est l'évolution des personnages qui importe ici.

Vous employez le terme très précis de « prince de l'Église » pour parler du prêtre, qui est un personnage très déplaisant… pourquoi ?

Le terme « prince de l'Église » a l'avantage d'être un titre général, plutôt qu'un attribut spécifique qui désigne une fonction particulière – que je ne souhaitais pas donner au personnage. Et oui, il est déplaisant. Je pense que les gens qui décident pour les autres ce qu'il faut croire, à des fins toutes personnelles, exercent sur autrui une domination à laquelle ils n'ont pas droit. L'arrogance est un défaut très néfaste.

Dans votre roman *Tathea* [non traduit en français], votre personnage « embarque pour un extraordinaire voyage de l'esprit afin de trouver la vérité éternelle ». Tathea revient sur Terre avec le Livre Inestimable où elle a consigné cette vérité qu'elle apporte au monde, inspirant la naissance d'une nouvelle foi. C'est un thème commun avec *Le Mystère de High Street*, l'idée que la religion puisse être bouleversée par une nouvelle révélation... Pourriez-vous nous en dire un peu plus sur ce qui vous intéresse dans ce concept ?

C'est très intéressant que vous fassiez référence à *Tathea*, qui n'a pas encore été traduit en français ! Je pense que plus les religions – en tout cas celles que je connais – assoient leur importance, plus elles deviennent conservatrices et rigides. C'est peut-être parce que plus elles sont répandues, plus elles se simplifient, afin qu'une majorité de personnes puissent suivre et comprendre. Je dis cela rapidement, mais je pense que c'est vrai. Le fait de diriger des millions de gens nécessite des règles – bien plus qu'une philosophie vraiment profonde. Une nouvelle *révélation*, c'est dérangeant. Si vous voulez des exemples, il y en a beaucoup dans le christianisme. Ou alors cela devrait probablement être présenté comme une nouvelle *connaissance*. La science en elle-même est dérangeante pour beaucoup de monde. Nous aimons englober les choses dans un ensemble de règles et nous pensons que si nous les respectons, nous serons en sécurité. Les nouvelles idéologies bouleversent nos convictions, et nous amènent à reconsidérer nos acquis. La théorie de l'évolution est un exemple classique : je vous apprends cela, et vous laisse vous débrouiller avec. Ces questions me fascinent parce qu'il n'y a rien de plus important à mes yeux que ces questions autour de l'homme, de Dieu, du sens de la vie et de ce qui est bon.

J'ai lu que vous avez été impressionnée et influencée par Lewis Carroll, est-ce lui qui vous a donné envie d'écrire des histoires fantastiques ?

C'est surtout son imagination et sa façon de jouer avec les mots que j'adore. J'aime le fantastique, c'est la parabole moderne de la religion ou de la morale. Dante est le plus grand des écrivains fantastiques et peut-être aussi le plus grand moraliste !

Il est intéressant de mêler le registre fantastique et le policier. D'un côté, il y a le surnaturel, l'irrationnel, qu'on sent et ressent sans pouvoir l'expliquer, et de l'autre la nécessité tangible de résoudre un mystère – et un meurtre – par des moyens tout rationnels.

Justement, puisque le fantastique a très souvent une dimension morale, il me paraît tout naturel de l'allier avec le policier.

Cette histoire n'est-elle pas finalement une réflexion sur notre capacité à faire des choix, à raisonner ?

Je ne suis pas sûre… Je pense qu'il est davantage question du mystère et du sacrifice. Mais si mon histoire est ouverte à plusieurs interprétations, j'en suis ravie.

Du même auteur
aux Éditions 10/18

À l'ombre de la guillotine
Du sang sur la soie

Série « Petits crimes de Noël »
La disparue de Noël
Le voyageur de Noël
Le détective de Noël
Le secret de Noël
La promesse de Noël
Un Noël plein d'espoir

Série « Charlotte et Thomas Pitt »
L'étrangleur de Cater Street
Le mystère de Callander Square
Le crime de Paragon Walk
Resurrection Row
Rutland Palace
Le cadavre de Bluegates Fields
Mort à Devil's Acre
Meurtres à Cardington Crescent
Silence à Hanover Close
L'égorgeur de Westminster Bridge
L'incendiaire de Highgate
Belgrave Square

Le crucifié de Farriers' Lane
Le bourreau de Hyde Park
Traitors gate
Pentecost Alley
Ashworth Hall
Brunswick Gardens
Bedford Square
Half Moon Street
La conspiration de Whitechapel
Southampton Row
Seven Dials
Long Spoon Lane
Buckingham Palace Gardens
Lisson Grove
Dorchester Terrace
L'Inconnue de Blackheat

Série « William Monk »
Un étranger dans le miroir
Un deuil dangereux
Défense et trahison
Vocation fatale
Des âmes noires
La marque de Caïn
Scandale et calomnie
Un cri étranglé
Mariage impossible
Passé sous silence

Esclaves du passé
Funérailles en bleu
Mort d'un étranger
Meurtres sur les docks
Meurtres souterrains
Mémoire coupable
La fin justifie les moyens
Une mer sans soleil

Série « Joseph et Matthew Reavley »
Avant la tourmente
Le temps des armes
Les anges des ténèbres
Les tranchées de la haine
À la mémoire des morts

Composition et mise en pages
Nord Compo à Villeneuve-d'Ascq

N° d'édition : L.01ELON000118.N001
Dépôt légal : mai 2014